縣長的話

百年芹壁風華再現

時光流逝，芹壁聚落已走過近百年的歲月。過去的芹壁，是得以讓先人躲避海盜、起家建業、安身立命的寄託；百年後的芹壁，在歷經戰事的洗禮、漁獲衰頹的沒落，人們離開了芹壁，卻留下了思鄉的種子，而今，他們漸漸回到這個地方，為芹壁的未來肩負使命，共同拾起斷垣殘壁重建家園，現在，旅客川流不息，成為探訪此地絕佳風土的景點勝地，也為芹壁的風貌穿了新的衣裳，來來去去的人們，是芹壁歷經跌宕歲月裡最好的見證，也是這座島嶼上最美好的風景。

我們又該如何保有芹壁珍貴的歷史風貌，也能為他帶來嶄新的生命力？這是我們一直在思索的課題，然而，我想，透過此繪本《鏡澳芹壁》的呈現，這已是最適合不過的答案了。藉由繪本的內容，不僅真實記錄與保存獨特的在地人文風景，也開拓大小朋友的閱讀視野，讓繪本的故事化作一條希望的道路，引領大家認識生活的這塊土地，我們也能驕傲的向大家介紹家鄉迷人的風景、傳遞先人胼手胝足的故事、值得感佩的勇闖精神，而生活在此的人們，能用更多的心力、更寬廣的角度來關心、了解與傳承我們的土地文化。

連江縣縣長

劉增應

文化局局長的話

在地深耕，重現芹壁風貌

在馬祖四鄉五島豐富的自然地景，有許多值得探索與保存的富饒寶藏，這是生長在這塊土地上的人們，最引以為傲的地方。然而，在外來文化的衝擊，馬祖在地文化的能見度，容易遭受改變與忽視的命運，而北竿芹壁的歷史生命，也依循著這樣的劇本持續上演。

因此，感知保存芹壁珍貴歷史文化刻不容緩的使命，希望能夠透過《鏡澳芹壁》的美麗圖畫、富思鄉情懷的文字故事，帶著大小朋友認識在芹壁這塊土地上人們的生活、曾經的點點滴滴、一草一木；更特別的是，我們還設計了北竿芹壁聚落重要的景點海報，歡迎大家呼朋引伴帶著它親臨現場，尋找關於芹壁的歷史寶藏，讓旅行不再只是走馬看花，相信這將會是豐富的尋寶之旅！

《鏡澳芹壁》雖以芹壁為藍本，卻也是馬祖多處澳口相同的歷史溯源。藉由繪本的閱讀，帶給我們最重要的體會，是喚醒大家對於這塊土地的關注，我們也需要將這份關懷透過閱讀的力量持續傳承，並化為孩子閱讀馬祖、改變馬祖的原動力。

連江縣文化局局長

吳曉雲

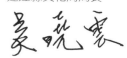

鏡澳芹壁

圖／林柏廷　　文／陳智仁

村裡的孩子放學後……

「他們在做什麼呢？」
阿仁正在作建築測量。
「可以借我們瞧瞧嗎？」
「好啊！」

看著村裡的孩子，阿仁彷彿回到在這兒的童年時光，
並隨著時光機進入了芹壁近百年的回想中……

在很久很久以前，
中國福州長樂地區的鶴上村，因民生困苦，陳姓家族成員，
經由閩江口橫渡東海，搭船到北竿島的芹壁拓墾。

先人們發現這處小海灣，有山泉水可供食用，
澳口可以作為停泊汲水、避風雨、躲海盜的歇息場所；
於是，在水源附近搭建簡易草寮休憩。

落腳後，他們拓墾荒地，
撒下地瓜種植，為生活準備糧食。

番薯可以作成番薯簽備用；潮間帶也能拾螺、鑿蚵蠣，
岩石上的紫菜都是很好的天然食材。

先人鬆土、撿石塊，
築砌房屋。
家人在這兒定居、建立新家園。

小小的一處海灣，人們靠天吃飯。

在天剛破曉時，迎著北風出海捕魚。
一家人奮力推著滿載漁具的小舢舨，
同心協力抵擋寒風。

傍晚，玩耍的小朋友
遠遠看到了父兄的船身，
呼朋引伴跑下沙灘，幫忙搬運。
婦人們放下廚房的工作，
準備處理新鮮漁獲。

夏天，家家户户都喜歡在門前吹著海風，
一起享用晚餐，
親戚們也在這兒天南地北的交換訊息。

商號

民國初年，這兒的漁場漁獲豐富，
和福建沿岸通商往來密切，
各家族組成商號船隻，繁華非凡。

寧靜星空下，海浪輕輕拍打著，
居民在戶外搭設簡易床鋪，
小朋友依偎在爺爺奶奶身旁，
聽著故事，伴隨閃閃發亮的星空入夢。

解救大陸同胞

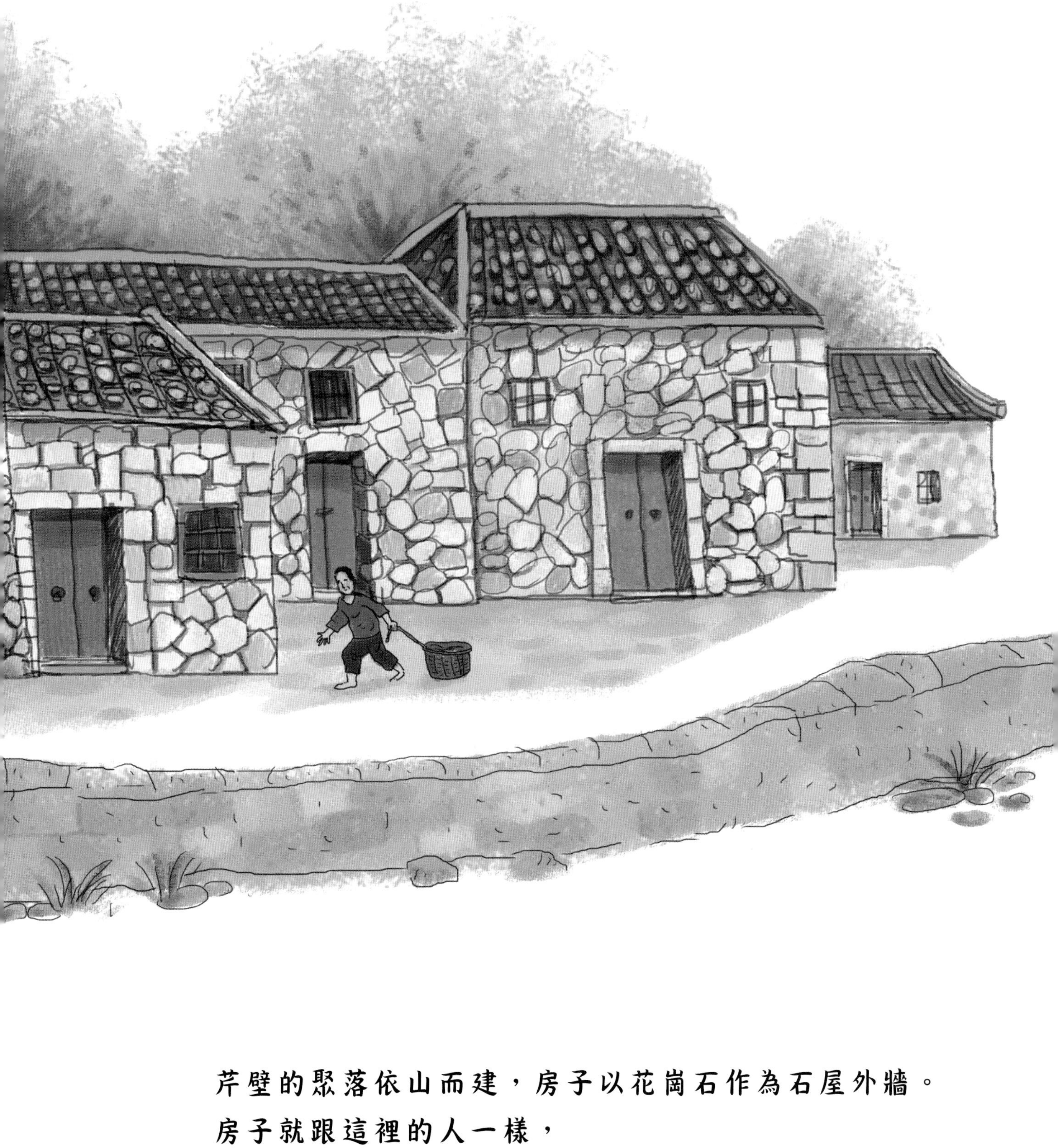

芹壁的聚落依山而建，房子以花崗石作為石屋外牆。
房子就跟這裡的人一樣，
一個一個、一間一間不斷的出生與擴建。

村裡還有許多軍事設施，

隨處可見「軍民一家」、「光復大陸」等戰地軍事標語。

軍民一起生活。

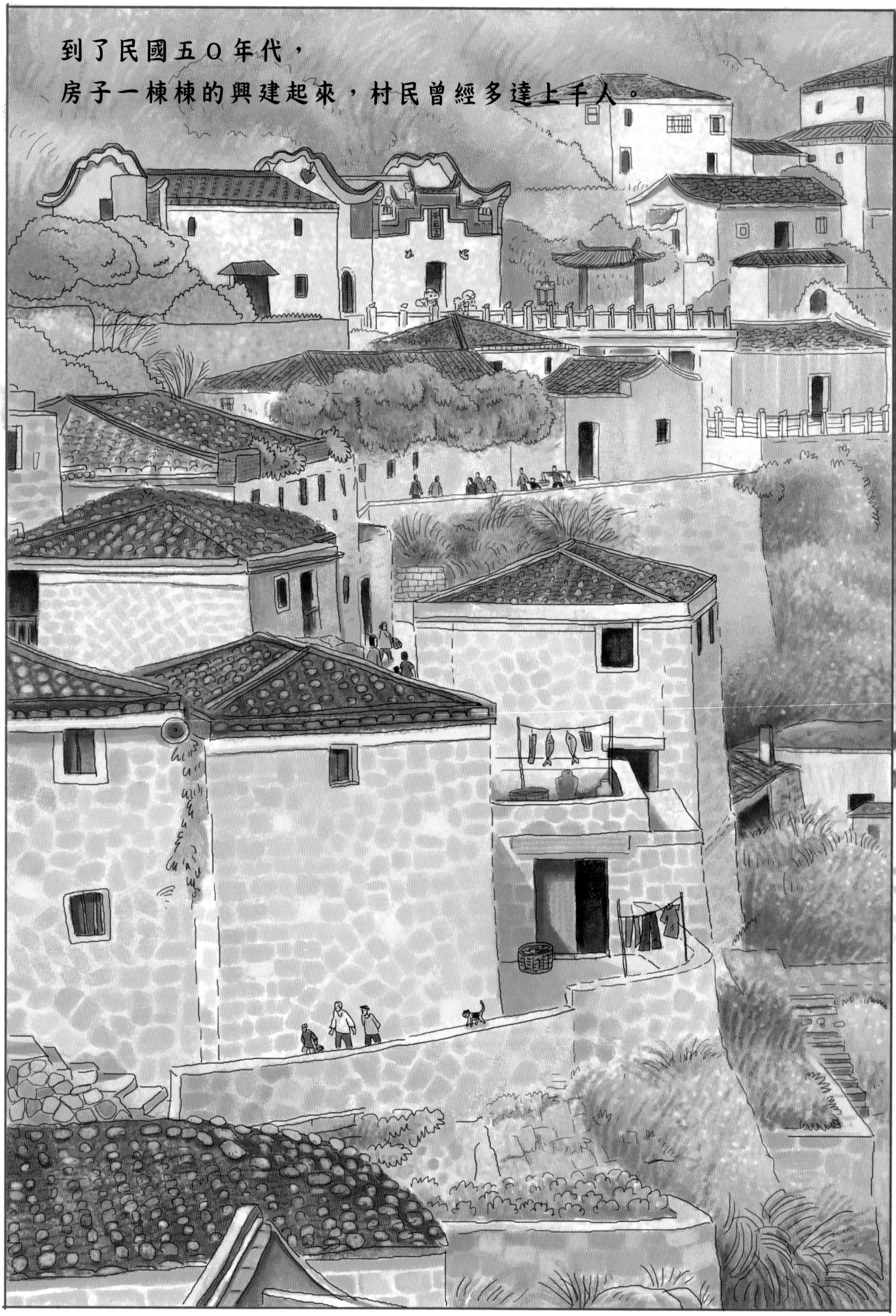
到了民國五〇年代，
房子一棟棟的興建起來，村民曾經多達上千人。

漸漸的，因漁獲量減少，
村人大量遷移台灣。
全村僅剩少數幾户，房屋荒置，
頹壞傾倒景象處處可見。

時光轉移，部分離開的村人漸漸回來，
鐵甲元帥依然守護著村莊，聚落再現風華。

回到芹壁，這是阿仁成長的地方，
一草一木，一屋一瓦，他會將這些故事，
點點滴滴讓他的孩子知道，並期望來此的遊人們，
細細品味芹壁的故事，一直延續……

作者——

陳智仁

芹壁人，台灣科技大學建研所碩士畢業。現職桃園市政府新建工程處處長。曾任新北市政府城鄉發展局科長、副總工程司、內政部都市設計審議委員、連江縣政府都市計畫審議委員會及工程施工查核小組委員、臺北縣政府古蹟、歷史建築、聚落暨文化景觀審議委員會委員、臺北縣政府遺址審議委員會委員。

感謝連江縣政府及聯經出版公司為馬祖地區傳統聚落歷史文化傳承所付出的努力，並謝謝委員們的指導，關心芹壁聚落的朋友、主編及畫家夥伴的協助，讓這本繪本得以如期出版。

筆者自十歲（民國 70 年）離開芹壁村，舉家遷居台灣，基於對出生故鄉的感情，重訪芹壁聚落多次，並以 86 年所著《馬祖芹壁聚落之形成與空間特質研究》一書為藍本，進行本繪本創作。

芹壁聚落是保存最完整、擁有濃郁血緣關係的聚落，在這觀光發展之際，隨著時間過去，芹壁聚落發展歷史漸漸淡去，身為芹壁子弟的我，湧現一股捨我其誰的使命，謝謝文化局吳局長提供這個機會，出版這本對我深具意義的書，期望透過繪本讓大小朋友，將芹壁發展與聚落形成的過程得以傳承下去，以對觀光產業發展、聚落文化傳承略盡個人之力。感謝關心馬祖的朋友們，為芹壁聚落保存所付出的努力。

繪者——

林柏廷

宜蘭人。目前住在宜蘭，喝著黑咖啡用壓克力顏料和蠟筆創作。兒童插畫和繪本。第 15、16、17、20 屆信誼幼兒文學獎佳作、入圍第三十屆金鼎獎最佳圖畫書獎、2006 年台北國際書展最佳圖畫書類入選、2006 年 best from taiwan 入選、誠品童書排行榜第一名、中小學優良圖書推薦、2009 年第一屆與 2015 年第四屆豐子愷兒童圖畫書獎入選。

初接觸這本書時，馬祖這個地名只在地理課或與男生擔心的外島當兵抽籤時才聽過。當時聽說是一個溯源的故事，心中頗擔心和自己以往繪圖風格不太相同，但抱持著可以親自到馬祖踏查、也順便挑戰自己不曾畫過的故事形態，於是鼓起勇氣接下了這本繪本。

與編輯前往馬祖時，智仁兄的故事並未完成，於是我們一邊走一邊討論，沿路訪問耆老和鄉親，雖然沒有故事架構，但我已經開始在訪談間思索著各種畫面，並一一的拍照做記錄。在結束踏查後，很快收到文字稿，我也開始動筆描繪每個場景，透過所拍的照片和智仁兄提供的資料，一幕幕的畫面就這樣產生而出。

這次選擇的媒材是用 Photoshop 的電腦繪圖，方便隨時調整構圖，但每個細節上色也都是用筆刷一筆一筆、一層一層描繪疊色而成。藉由我的圖畫表現出芹壁從荒蕪的澳口，如何興盛、沒落、到今日旅客川流不息。希望藉由圖畫帶領讀者身歷其境，在虛實之間一窺芹壁過去與現在的風貌。

書中日夜變化的景致，如同我做畫的過程，從緊張到放鬆再到有成就感，感謝文化局局長、審查委員、惠鈴主編和智仁兄的信任與協助，也不能忘記芹壁的守護神鐵甲元帥的保佑，讓我把這本書順利完成。希望大家喜歡並帶著書到芹壁踏查冒險！

鏡澳芹壁

發 行 人　劉增應
總 策 劃　吳曉雲
審查委員　王花俤、王建華、林錦鴻
執行策劃　崔芷榕、陳瑾瑛
出版單位　福建省連江縣政府
執行單位　福建省連江縣政府文化局
地　　址　連江縣南竿鄉清水村 136-1 號
電　　話　0836-22393
網　　址　www.matsu.gov.tw

承製、發行　聯經出版事業股份有限公司
文　　字　陳智仁
繪　　圖　林柏廷
顧　　問　曹俊彥
叢書主編　黃惠鈴
編　　輯　張玟婷
整體設計　李韻蒨
錄音工程　純粹錄音後製
福州語錄音　陳高志
台北市基隆路 1 段 180 號 4 樓
(02) 87876242
聯經網址：www.linkingbooks.com.tw
電子信箱：linking@udngroup.com

ISBN 978-986-04-7928-7（精裝）
GPN 1010500170
統一編號 78752245
2016 年 3 月初版 定價：新臺幣 300 元

重要景點

1 天后宮（信仰中心）
2 防空洞（芹壁有多處防空洞，此為之一）
3 永康步道
4 壁石巷
5 五靈公廟龍角峰（祈夢信仰）
6 半山古厝
7 芹壁最大的一戶
8 公車站
9 水井
10 芹壁唯一三層樓

芹壁

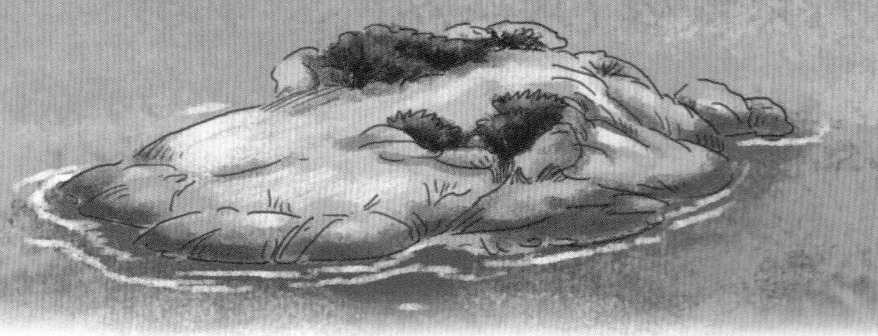

舊名「鏡澳」或「鏡沃」，先人初到芹壁的地名，意指澳口芹仔（今人稱烏龜島）旁寧靜水面如明鏡。「鏡澳」馬祖話諧音有「走去」、「來去」意思。

芹壁聚落發展，始於清末至民初年間，民初歷經革命、北伐、抗戰戰禍連連，時局不安，促使大陸沿岸部分漁民遷移至離島，靠海為生。民國四十五年成立「馬祖戰地政務委員會」，軍民通力合作，這四十多年軍事管制期間，除增建軍事設施及少數公共建築，聚落仍保有地方性傳統聚落特色。

芹壁傳統聚落生活方式以漁業為主，自足式農業耕作為輔，生活起居上，居民間往來相當密切，各自形成小的生活圈，彼此相互照應，受外界影響較小。因軍事管制「軍民一心」口號，直接管制外流人口，軍事建築及民宅在這期間如雨後春筍般出現，如今芹壁聚落樣貌，多數是當時所建。

血緣關係是芹壁傳統聚落形成的重要因素之一，全聚落由七個家族之民居建築組團組成，每個組團各有較大之建築為核心，周圍緊鄰及散佈小建築並呈向心狀布局，採分割、增修改建方式延續建築生命，而形成芹壁傳統聚落。芹壁傳統聚落雛型雖然簡單，但卻呈現出一種核與蔓的層次變化和向心關係，這正是從血緣中所衍生出「長幼尊卑」觀念的反映。

芹壁聚落組成包括：

建築簇群、房里巷道、聯外步道、山泉水道、水井等居家生活空間，天后宮、龍角峰及活動廣場儀典空間，漁業生產之漁寮、漁寮廣場、聚落外圍農耕區生產空間、學校，緊密散佈在沿岸之軍事需要班哨據點、坑道、碉堡、防空洞、戰備通道等設施。防空洞緊鄰建築簇群旁，全村約有十處防空洞，散布隱藏在各房里建築簇群周圍。

芹壁家族

芹壁村全區建築簇群可以分為智房里二房、智房里之一、義房里長房、義房里三房之一、中路、溪房里等十一處家族建築簇群組團組

各組團各有一個較大建築為核心，並呈現向簇群的周圍又散落地分布一些小建築。芹壁核與蔓的層次變化和向心關係。這正是從血反映。

從各房里建築簇群演變成長過程，可以清楚維持家族聯繫提供了可能，分家後各自擁有家皆有獨立大門各得其所。民居構成緊湊文化生活的發展，無不要求調節使用空間，採取改建、重新分割、增建等手段以延續建之一、溪房里建築簇群為例，因家族繁衍需緊湊而有機成長之建築簇群。

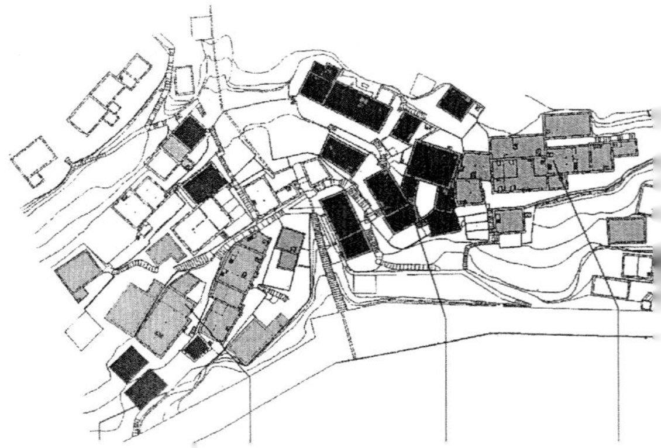

智房里三房、智房里四房、智房里五房、
、義房里三房之二、義房里尾房、義房里
成。

心狀態布局，每個較大建築有機地增擴建，
聚落雛型雖然簡單粗糙，但卻呈現出一種
緣關係中所衍生出來的「長幼尊卑」觀念

瞭解到芹壁聚落建築左右前後增建，又為
獨立的居家功能，又不失空間的完整，各
因人口繁殖、家庭組成不斷變化、經濟和
芹壁民居有這種矛盾而採取量變形式，如
築生命，而形成芹壁聚落。如義房里三房
求，以祖厝為核心向左右前後增建，形成

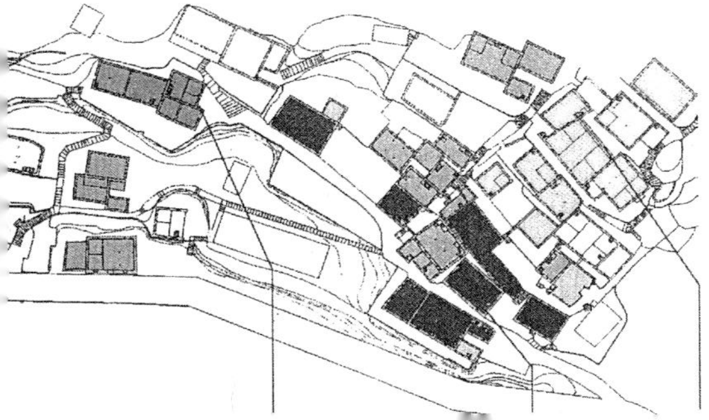

芹壁房子如何漸漸長大？

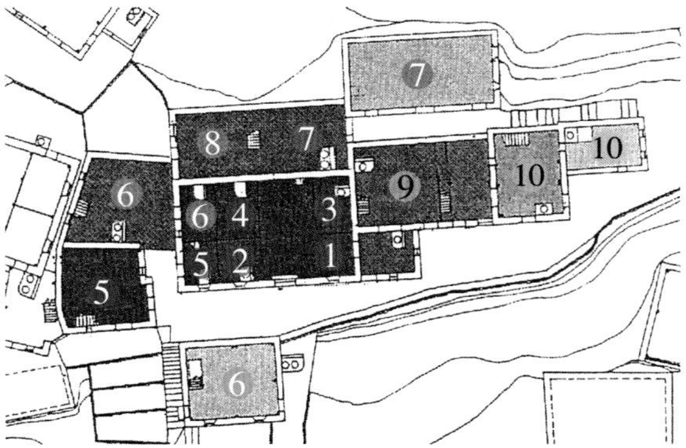

以義房里紅妹家族為例：

建築簇群的發展以祖厝為中心，在祖厝建築（五扇四間六堵）的外牆留設開口連接增建的建築。（增建順序如圖編號）

紅妹生有十個兒子，排行前六個兒子分居在祖厝的六堵中，其餘四個兄弟在祖厝不夠分居情況下，先後在祖厝的後面、左邊、右邊、前下方興建屬於自己的住宅。各房建築間，以建築物外牆開口相連通來串連各房建築，最後形成以祖厝為中心的紅妹家族建築簇群。

在有限室內空間裡，留設多處開口處，造成室內空間使用不便，其原因是考慮兄弟間分房後各自又增建的預留通口，使兄弟間分房後各自有獨立出入口，如此便可以獨立成戶，又可以與家族保持連繫，藉由原來堵與祖厝大廳連繫形成以祖厝為中心的增建方式，為各房建築簇群形成的重要條件之一。

認識芹壁建築

鏡澳芹壁

建築

11 德順號（商號）
12 安康步道
13 山泉水道
14 老榕樹（雀榕）
15 相傳的海盜屋

16 煙囪（以前煮蝦皮的地方）
17 龜島

圖／林柏廷

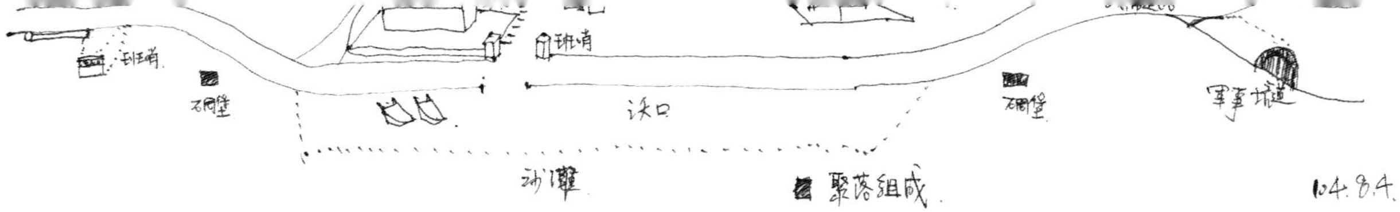

之一房建築簇群

房建築簇群

房建築簇群

房建築簇群

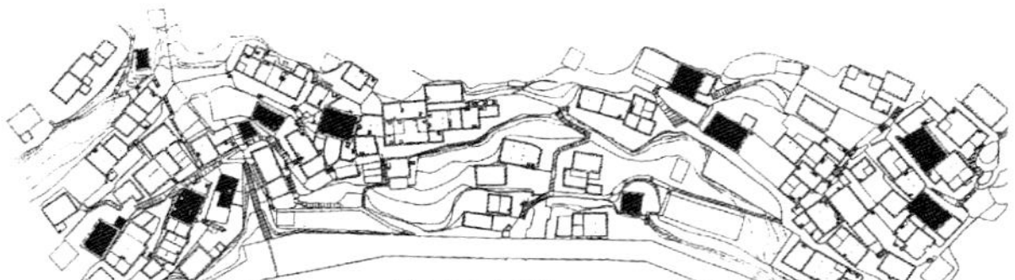

清末時期

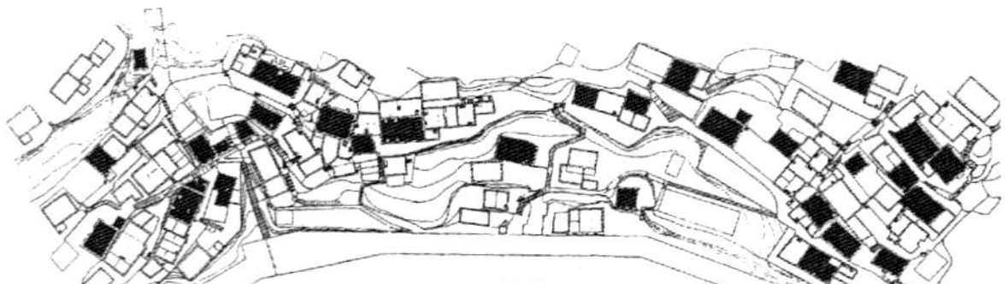

民國初年

抗戰時期

六十年代

芹壁聚落之變遷圖：

如芹壁村聚落變遷示意圖所示，清末時期，在以北面山山泉為中心，建築物成點狀分布，漸漸發展成為以該點為中心之各房建築簇群，各房祖厝散居在山泉周圍，在南面山則有幾戶成零星分布。整個芹壁聚落發展，直到抗戰時期形成以祖厝為中心的建築簇群雛形，經過民國六十年代興建，而形成現今整個芹壁聚落。

福建長樂縣鶴上鄉

十五府君

什啟（

長子時王 **仁房祖**

次子時學 **義房祖**

三子時厚 **禮房祖**

後嗣陳承乾（三十二世）

陳承興（三十二世）

陳飯甑（三十二世）

陳灶灶父親（三十二世）

義房里

是玉溪陳氏宗親義房祖（二十世）「時學」支派之後嗣，在三十二世開始，在芹壁開拓發展之各房統稱。

之二房建築簇群

房建築簇群

里建築簇群

溪陳氏家譜世襲表

（一世）

十九世）

四子時義
智房祖

五子時剛
信房祖

海官的祖父
三十二世）

後嗣陳茂帶
（二十九世）

智房里

是玉溪陳氏宗親智房祖（二十世）「時益」支派之茂帶後嗣（二十九世）開始，在芹壁開拓發展之各房統稱。

建造房舍：
先砌石牆，預定建築高度後，接著進行室內木結構及屋架，和屋頂的鋪設。

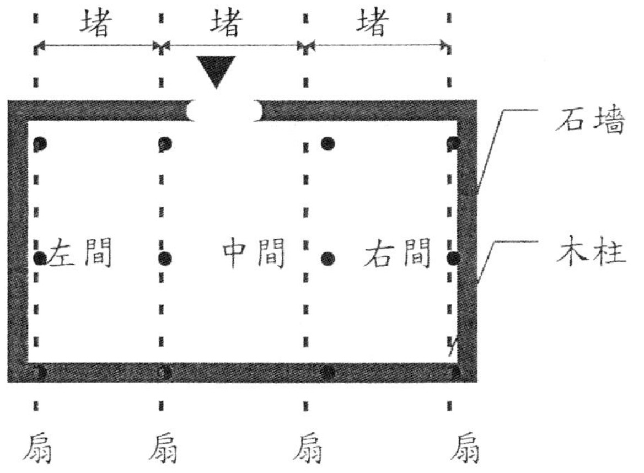

扇：意指由三隻柱組成一構架而稱。

兩扇中間隔成一「間」，四扇隔有三間，因此稱此建築規模為「四扇三間」。「三扇二間」、「二扇一大間」的規模較小。

堵：是福州音直譯的寫法，是指房間單位。

文／陳智仁　出版／連江縣政府文化局　承製／聯經出版事業公司

12
9
13
15
10
7
11
16
8
17